당신 없는 나는

붙잡고 싶은 당신과의 모든 순간들

당신 없는 나는

오밤 이정현 글 | Lo.seed 그림

midnight
북녘 bookstore

내 생애 가장 눈부신 날을 선물한

〰〰〰〰〰〰〰〰〰 에게

프롤로그

당신, 하면 떠오르는 사람이 있나요?

잠깐 떨어져 있거나, 곧 만나기로 했거나,
이제는 만날 수가 없는 사이가 됐거나,
어쩌면 지금 곁에서 함께 책을 고르고 있을 수도 있겠네요.

연인을 부를 수 있는 단어는 셀 수 없이 많아요.
그 사람의 이름, 너, 혹은 둘만의 간지러운 애칭까지도.
그런데 '당신'이라는 두 글자는 왜인지
그 사람을 더 소중하고 애틋하게 느껴지게 해요.

사랑에 빠진 사람들은 연인과
사소한 시간들까지 세세하게 공유하고 싶어 하지만
결국 서로 다른 두 사람이어서, 모든 순간을 함께할 수는 없어요.

사랑하는 사람과 함께하지 못하는 동안
그 사람의 마음에는 수많은 감정이 머물다 갑니다.
보고 싶은 마음부터 호기심, 초조함, 애틋함 그리고 그리움까지.

《당신 없는 나는》은 우리가 사랑하며 겪는 순간들 동안
여러 모습들로 찾아오는 사랑에 마음을 기울이고 엮어낸 책입니다.

이 책이 독자분들의 소중한 '당신'에게 건네는
진한 한마디가 되었으면 해요.

당신이 없는 곳에서도 나는,
당신을 사랑하고 있다고.

오밤 이정현

차례

2. summer 당신이 없어도
         이렇게 웃을 수 있을까

3. fall 당신도 지금
내 생각을 할까

4. winter 당신 없는
          나는

1. spring

당신 없이
어떻게 살았을까

우리, 언제까지나
꽃길만 걷자.

호기심

길을 걷다가 멈춰 섰어.
이건 당신 취향의 노래인데,

제목이 뭘까?

당신 생각

눈을 감아도, 떠도
몸을 눕혀도, 일으켜도
당신이 있어도, 없어도
온통 당신 생각인데

당신 없이 어떻게 살았을까?

처음

꽃이 참 예쁘게 피었네.
꼭 기억해뒀다가

당신이랑 같이 와야지.

이유

하루에 일어난 많은 일들이
다 당신을 보기 위한 과정 같아.

밥 먹었어?

오늘 맛있는 거 먹으러 가자.

쇼핑

　　마음에 드는 옷을 찾으면
남녀 공용인지 먼저 보게 돼.

　　당신 사이즈가 남아 있으면
좋을 텐데.

우선순위

새치기는 나쁜 거랬는데,
당신은 왜 이제야 나타나서는
맨 앞줄에 서는지.

나는 왜 다 제쳐두고
당신을 내 바로 앞에 세우는지.

편지

밤새 고민한 당신에게 전할 말들도
날이 밝으면 아무 소용 없어져.

나는 또 좋아 웃기만 하겠지.

같은 별

이렇게나 많은 별들 사이
당신과 같은 별 위에 서서
같은 달을 바라볼 수 있어

다 행 이 야 .

휴대폰

휴대폰을 가까이 두고 자면 좋지 않대.

그렇지만 나는 그것보다

당신이 좋은걸.

앙꼬

당신이 잠깐이라도 없으면
나를 가득 채우던 단맛이
다 빠져버린 것만 같아.

38

머피의 법칙

집으로 돌아가는 버스는

왜 이렇게 빨리 오는 걸까?

안부

잘 잤어?

이불도 개지 않고
일어나서 제일 먼저 하는 일은

당신의 안부 묻기.

마음꽃

당신은 어떤 꽃을 좋아할까?

나는 당신 생각만으로도
이렇게 흠뻑 피는데.

여행

꼭 함께 어딘가로 떠나지 않아도 좋아.

지금이 내 삶의 가장 소중한 여행인걸.

달력

하루하루 당신과의 일정으로 가득해.

쉬는 날보다
당신을 보는 날이

더 좋아.

기다림

당신은 언제쯤 도착할까.
행여 길을 잃지는 않을까.
오는 길이 험하지는 않을까.

내가 마중을 나가볼까.

일기

집에 오면 하루를 채워준 당신을 되새김질해.

그러면 조금이라도 더 오래
기억할 수 있을까 봐.

날씨

당신이 없는 곳에서도
당신의 한마디가 내게는 날씨가 되곤 해.

같은 하늘도 먹먹하거나, 운치 있거나.

행복한 걱정

잠은 푹 잤을까?
밥은 제때 챙겨 먹었을까?
하루가 너무 고단하지는 않았을까?

걱정이 늘고도

행복할 수가 있구나.

좋겠다

당신은 좋겠다.

가만히 있어도 이렇게
당신을 생각해주는 사람이 있어서.

날이 밝으면 밝는 대로,

날이 저물면 저무는 대로

눈길 머무는 곳마다 당신이네요.

당신이 좋아하는 것 앞에서는 걸음이 느려지고

당신에게 보여주고 싶은 것이 생기면 걸음이 빨라져요.

당신이 좋다면, 그게 뭐든 나도 좋아요.

당신 없는 곳에서도 나는

　　　　　당신으로 살아요.

`love note`

당신을 알기 전 나는

2. summer

당신이 없어도
이렇게 웃을 수 있을까

화사하게 피어난 꽃이
당신의 웃음인 줄 알았는데
지정 피어난 건
당신을 향한 내 마음이었다.

나도 그럴까

선인장은 무심히 두어도 꽃을 피우고
달은 해가 없어도 잘 떠 있어.

나 도 그 럴 까 .

저문 봄

꽃이 져도 다시 핀다고 해서
그 꽃에게 소홀하지는 말아야지.

뿌리가 마르면 꽃은 피지 못해.

둘

혼자서도 괜찮지 않을까, 싶다가도
그래도 둘이 좋지 않을까, 생각해.

어느덧 좋다는 것의 대상이
'당신'이 아니라 '둘'이 됐어.

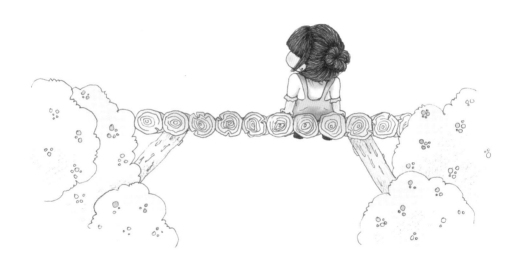

나뭇잎점

한 잎, 두 잎,
사랑한다, 사랑하지 않는다…
몇 개인지 먼저 세고 시작하는

나뭇잎점.

함께

안개꽃이 없어도 장미꽃은 예쁘고
장미꽃이 없어도 안개꽃은 포근해.

그렇지만 다발로 함께 있을 때
더 아름다울 수 있어.

부재

바쁘고 신경 쓸 일도 많나 봐.
보고 싶지만 보고 싶어 할 수가 없어.

내 삶에는 당신이 있는데
내 일상에는 당신이 없네.

당신 없는 나는

의자는 다리가 하나만 없어도
서지를 못하는데

당신 없는 나는

괜찮을까.

권태

후줄근하게 늘어난 사랑도
사랑이라 할 수 있을까.

정말 아끼던 사랑이었는데,
이제 노력만으로는 어쩔 수가 없어.

당신 없는 휴가 1

달도, 별도,

바다도 없는

불꽃놀이.

당신 없는 휴가 2

웃음소리 하나 들리지 않는,
풍선 하나 떠다니지 않는 놀이공원.

불 꺼진 항구

항구에 배가 없다면

바다는 많이 쓸쓸하겠지.

미련한 질문

정해진 결말을 알면서도
혹시나 싶어,

어떻게,
왜 그런지,
굳이 확인하고 싶어서.

혼밥혼술

혼자 밥을 먹어도 그러려니,
혼자 술을 마셔도 그러려니.

필요충분조건

김치에게는 라면이 없어도 되지만

김치가 없는 라면은 허전한걸.

괜찮지 않아

살 수는 있어.

괜찮아.

사실 괜찮지 않아.

마음

내 창이 이렇게
활짝 열리는 때가

또 있기는 할까.

당신이 없는 나를 상상해보기도 해요.

사랑 없는 거리, 나무 없는 산, 별 없는 달···.

사랑은 아무것도 아닌 것처럼 와서는

기어이 전부가 돼버리죠.

세상 어떤 단어들을 이어 붙여봐도

'당신 없는 나'보다 슬픈 말은 없을걸요.

당신 없는 삶이라면 나는

아무런 의미가 없어요.

당신을 만난 후 나는

3. fall

당신도 지금
내 생각을 할까

그러니까 한마디만 해줘.
당신 곁에 있어달라고.

산책

자꾸만

피해서 걷는 길이 생겼어.

기억

당신과의 추억을 지우는 일보다는

어제의 나를 지우는 일이 더 나을 것 같아서.

속수무책

당신 생각을 하지 않으려 해도
자꾸 생각이 나는 게,

누르지 않아도 툭하니
심지가 삐져나온
스프링 빠진 볼펜 같아.

빈자리

베개는 이제 하나만 있어도 되고
이불은 더 이상 끌어당기지 않아도 괜찮아.

좁다고 투덜대던 침대가 왜 이리 넓어진 걸까.

감기

아파서 종일을 누워 있어도

병원에 가라고 보채는 사람이 없어.

혼자 걸으니

인도와 차도가 이렇게 가까웠구나.

외출

옷을 고르느라 전날부터 고민하지 않아도 되고
아침부터 거울 앞에 오래 있지 않아도 돼.

집 밖을 나서는 데 걸리는 시간이 줄어들었어.

당신을 못 보니

살자고 먹는 밥이 죽을 맛이네.

괜찮아

날이 추우면 겉옷을 여미면 그만이고
손이 허전하면 주머니에 넣으면 그만이야.

치킨

한 마리는 혼자서 다 못 먹는데….

온기

손을 잡고 걷다
집에 돌아오면
소매 끝에 남아 있던
당신의 온기.

Fri.

Sat.

Sun.

월화수목금 금 금

토요일도, 일요일도
이제는 그저 일주일.

일이 없는 주중 하루일 뿐.

아무도 모르게

말해야 하나 싶을 만큼 작은 것 같으면서도
소리도 못 낼 만큼 깊이 아팠어.

입지 않는 옷

옷장에서 자꾸만 한쪽으로 밀려
모이는 옷들이 있어.

전부 당신이 좋아하던 옷들이지.

당신 없는 하루

밤이면
나는 밤보다 더 어두워지고

낮이면

나는 낮보다 더 투명해져.

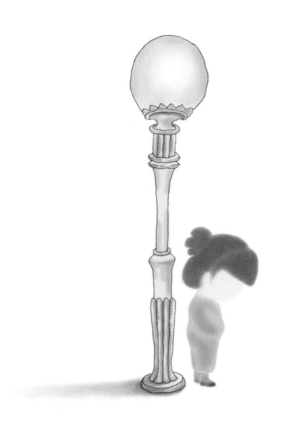

어쩌면 당신도

자박자박, 낙엽을 밟는 일은
푸르던 봄을 기억하려는 거래.

당신도 지금 내 생각을 할까?

모르겠어

홀가분해진 건지,

텅텅 비어버린 건지.

추억

소년에게도 소녀에게도

잃고 싶지 않은 기억이
하나쯤은 있기를.

책갈피

우리의 시간에도 책갈피가 있을까.
그럼 다른 이야기에서 헤매지 않고

그때의 페이지로 돌아갈 수 있을까.

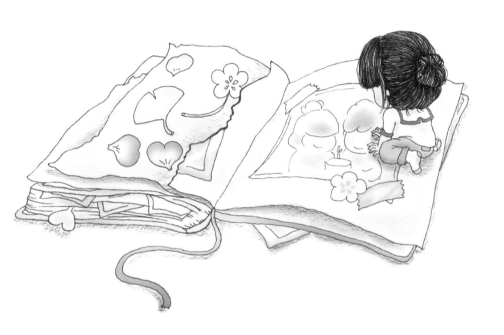

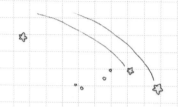

아침에 늦지는 않았을까,

밥은 잘 챙겨 먹고 있을까,

일이 너무 고되지는 않을까,

혹여 밤잠을 설치지는 않을까.

여전히 당신 생각만 가득 떠다녀요.

건네지 못한 질문들이 오늘도 이렇게나 쌓였네요.

당신 없는 나는

오늘도 혼자서 묻고 답해요.

당신을 사랑하는 나는

Me Without U

4. winter

당신 없는
나 는

내가 가장 꿈꾸는 건
당신과의 해피엔딩.

첫눈

첫눈이라고,
같이 맞자고, 어디냐고
묻지 않아도 되는구나.

첫눈은 내가 없는 곳에서만 내려.

마키아토

쓰기만 한 커피는 잘 마시지 못한다던
당신 손에 들려 있던 마키아토가

어떤 맛일지 궁금해졌어.

후회

너무 늦게 알아버렸어.

기차를 타는 곳에서 가장 조용한 시간은
기차가 출발하기 직전이라는 걸.

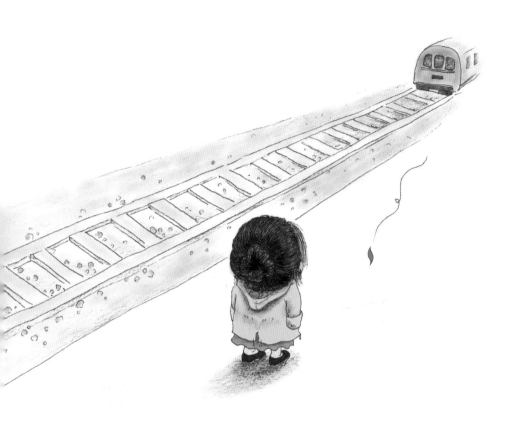

일기예보

꼭박꼭박 일기예보를 챙겨보게 됐어.

나 이제 혼자서도 우산을 잘 챙겨.

사진첩

당신에게 보내지 못한 달과 별이
오늘도 수북이 쌓였어.

어쩌면 당신도 지금
나와 같은 달을 올려다보고 있을까.

빈틈

당신 말대로 나는 참
허술한 구석이 많은 사람인가 보다.

그 빈틈을 메우던 사람이

당신이었나 보다.

변화

계절이 뚜렷해졌어.

여름은 당신보다 덥고
겨울은 당신보다 추워.

오늘도

멀뚱멀뚱 앉아서 기다려.

놓쳐버린 버스처럼
앉아서 기다리다 보면
다시금 오지 않을까 하고.

주말

이번 주말은 별 약속도 없이
혼자네.

오늘은 미뤄둔 영화를
몰아서 보는 날이야.

당신이랑 함께 보고 싶었던 영화들.

허기

조금 더 많이 먹게 됐고
조금 더 말이 많아졌어.

입술에게 역할이 하나 줄어서
그런가 봐.

생각이 나서

"첫눈을 잡으면 소원이 이루어진대."

당신 말에 아이냐며 웃었던 나지만

그냥, 당신 생각이 나서

잡아봤어.

홀짝, 홀

홀수로 지내기에는
세상의 너무 많은 것들이

짝수인 걸.

우울

나를 멈춰 세우는 것들이

참 많아졌어.

벤치

길가의 처음 보는 벤치가

　　이유 없이 나를 멈추게 하곤 했어.

그날의 당신과 나를 앉혀보려다

　　다시 앞을 보고 걷기도 했어.

전하지 못한 말

오늘 하루도 수고했어.

고생 많았다.

잘 자고, 좋은 꿈 꿔.

언제 어디서나

당신과 함께일 때는
어디서나 당신을 떠올렸는데

당신이 없고 나서는

어디서든 당신을 찾아내.

그럴 때

미친 척이라도 해볼까.

다른 건 아무 생각 않고

당신에게 닿고 싶을 때가 있어.

보통의 미련

남몰래 기억하는 추억이 더 애틋하고

남몰래 삼켜내는 애틋함이 더 슬픈….

그곳에도

비가 오네.

당신이 있는 곳에도
비가 올까.

당신의 봄

봄을 알리는 바람이 불어오면
당신 생각이 나.

당신이 내 계절 하나를 가져갔어.

앞으로도 영영
내 봄은 당신 것이겠지.

사랑한다는 말이 아니어도 사랑일 수 있다는 걸 알았어요.

우리가 함께 걷던 거리를 기억한다거나

어깨에 기대 한쪽으로만 듣던 노래를 기억하는 것만으로도

사랑을 말할 수 있다는 걸요.

내가 없는 당신도 가끔 그날을 기억할까요.

당신 없는 나는

　　　아직도 그날 속에서 숨을 쉬어요.

당신 없는 나는

당신 없는 나는

1판 1쇄 발행 2017년 2월 6일
1판 2쇄 발행 2017년 8월 14일

지은이 오밤 이정현
그린이 Lo. seed
발행인 오영진 김진갑
발행처 (주)심야책방

책임편집 곽지희
기획편집 임나리 심설아 함초롬
디자인총괄 안윤민
마케팅 박시현 신하은 박준서
경영지원 이혜선

출판등록 2006년 1월 11일 제313-2006-15호
주소 서울시 마포구 월드컵북로5가길 12 서교빌딩 2층
전화 02-332-3310 팩스 02-332-7741
블로그 blog. naver. com/midnightbookstore
페이스북 www. facebook. com/tornadobook

ISBN 979-11-5873-088-8 03810

이 도서의 국립중앙도서관 출판예정도서목록(CIP)은 서지정보유통지원시스템 홈페이지
(http://seoji. nl. go. kr)와 국가자료공동목록시스템(http://www. nl. go. kr/kolisnet)에서
이용하실 수 있습니다. (CIP제어번호: CIP2017001611)